繋がる心

橘　楓佳

私には、忘れられない野良猫との
出会いがありました。

その猫は、他の人からご飯をもらっても懐かず、
何故か私にだけ心を開くようになりました。
けれども、一度も撫ぜることなく
姿を消したのです。

今宵は満月。
明るい空です。
そこは二車線の車の通りの激しい道。
その交差点付近には、
いくつかのお店が並んでいます。
焼肉屋さん、床屋さん、メガネ屋さん、
コンビニ、そしてホームセンター。

P

そのホームセンターの物置の片隅で
猫の鳴き声がします。
ミャーン、ミャーンと
大きな声で鳴いています。

よく見ると、黒い子猫が一匹。
迷い込んだのか捨てられてしまったのか——。
夜の暗さが、この黒い子猫と同化して、
見つかりにくくしているようにも見えます。

そして、このホームセンターの
資材置き場は、猫にとっては隠れやすく、
住みつきやすい感じでした。

私は仕事の行き帰りは、
必ずホームセンターの脇を通っている為、
猫のことが気にかかりご飯（キャットフード）
をあげる事にしました。

ある日の事、空には灰色の雲がかかり、
夜には雨となりました。
私は傘を差し、子猫のいる所に行きました。
すると、子猫は雨を怖がっていて
動く事ができない様子でした。

生まれて初めて雨を知ったのかもしれません。

ご飯をあげようとしている私の方も、
子猫がフェンスの中に引っ込んでいるので、
上手く子猫のところに投げることができず、
ほんの少しだけ届いたかどうかでした。

それでも次の日は、
いつもと変わらずにいて、
ほっとしていました。

それから数日後、子猫のいる所に
茶色の毛足の長い猫が来るようになりました。
ご飯も二匹揃って食べたりしています。

もうじき、寒い冬が来ます。
子猫は冬を乗り越えられるだろうか。
又少し心配になりました。
けれども、茶色の猫が
子猫を守っていたのでしょう。
寒さにも負けずに冬を越し、
春夏と季節は過ぎていきました。

私は、いつの日か子猫の事を
クロタンと呼ぶようになりました。

子猫は大きくなり、
もう雨を怖がったりしません。

傘をさした私の足元に置いたご飯を食べ
「もう帰った方がいいよ」というと、
雨に濡れながら戻っていった事もありました。

秋めいた頃でしょうか。

茶色の猫が、ほんの少し咳き込みながら、
ご飯を食べているのに気が付きました。

そして、その日あたりから
茶色の猫を時々しか見なくなりました。

そんな或る日の事、
クロタンの様子がいつもと違っていて、
あげたご飯も食べずにいます。

しかも、私が帰ろうとすると
私の後ろをついてきます。

唯、なわばりというのか
入れない境界線があるのか、
或る所までついては来るものの、
そこから先には行けないといった感じで、
立ち止まってウロウロしたりしていました。

その様子が何となく寂しそうで、
たまりませんでした。
もしかすると、茶色の猫のことで、
辛い思いをしたのかもしれません。

その後、茶色の猫を全く見なくなりました。
そのせいなのでしょうか。

クロタンは、
一匹で生きていかなければ
ならない気持ちからか、
近寄るもの全てシャーと
威嚇するようになったのです。

暫く、そんな日々が続いていましたが、
少しずつ冬の足音が聞こえるようになった頃、
どこからか赤い首輪をした
黒と茶の縞々《しましま》の猫が、
物置の近くに行儀よく座っていました。

首輪をしているので、
野良猫ではないと思うのですが、
それでもクロタンの傍《かたわ》らにいて、
新しい友達のように見えました。

そして、以前いた茶色の猫と同じで、
仲良くご飯を食べています。

処が、その後クロタンの姿を見なくなり、
一カ月位経った頃でしょうか。
ひょこっと以前と変わりなく、
いつもの所に出て来ました。
「クロタン、久しぶりだね。
どうしたのかなあと思っていたよ」
と声を掛けました。
すると、物置の奥の方から

小さな小さな黒い子猫が、
チョコチョコチョコチョコと
隠れるように出て来ました。
その動きが、まるで可愛いおもちゃを
見ているようです。
思い起こせば、確かにクロタンのお腹が、
ちょっぴり丸みおびていた気がします。

「良かったね。おめでとう。
もう寂しくなんかないね」

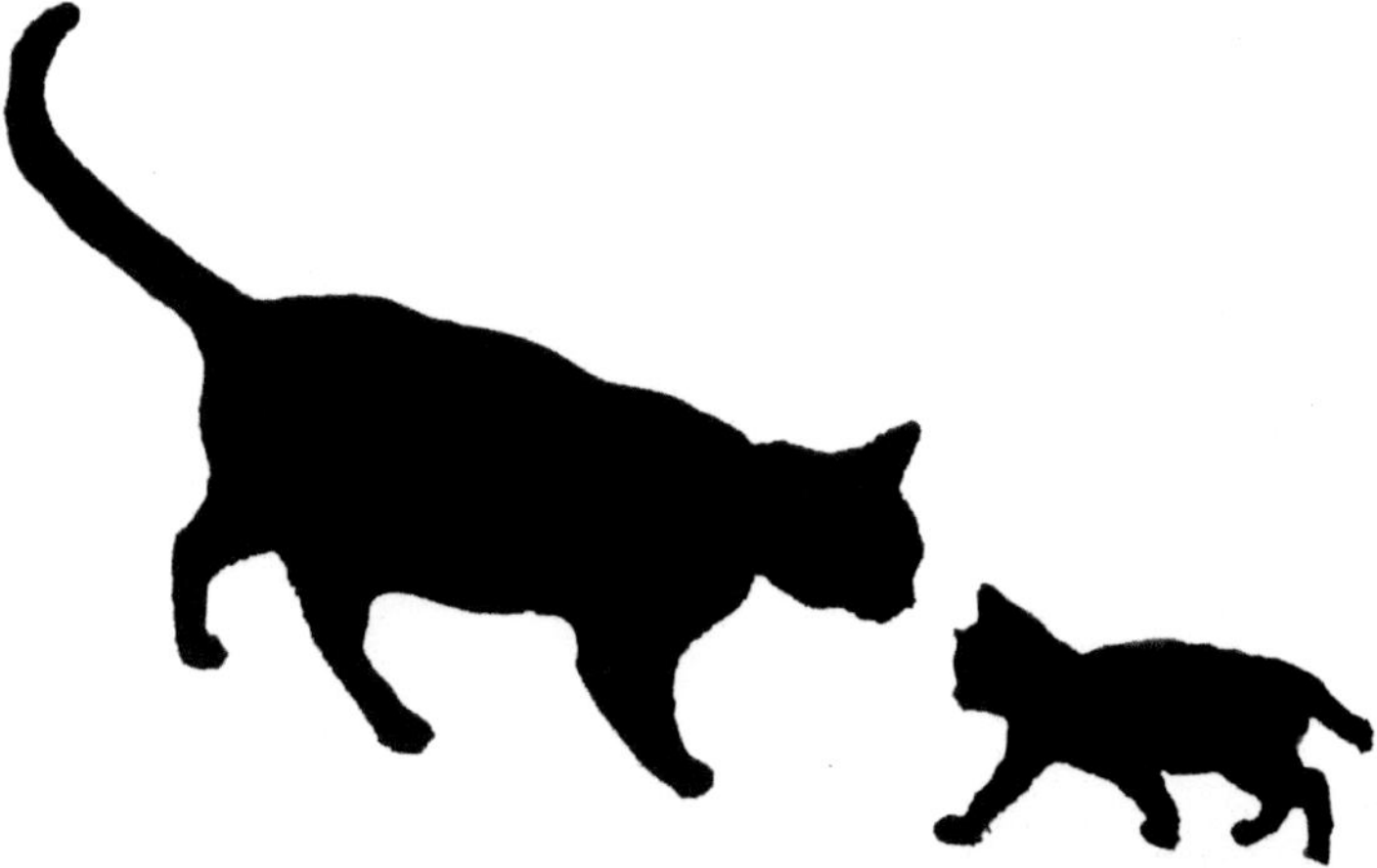

子猫は、寒さのせいか、
まだまだ小さいせいか、
毎回出て来ません。

縞々の猫も見掛けず、
クロタン一匹でご飯を食べに
来ていた事さえありました。

冬から暖かな春となりました。
子猫も大分大きくなってきました。
そんな時です。
クロタンが道路を横断している処を
見掛けたのです。

今まで見ない行動のように思えましたが、
私がクロタンを見ているのは、
夜のほんの数分です。

大分前から危険な所も
知らずに通っていたのかもしれません。

そして、その頃から私を
交差点の所まで迎えに来るようになりました。

子猫も後を追いながら一緒に迎えに来ます。

暑い夏もようやく落ち着いたある日、
交差点まで迎えに来たクロタンの顔が、
暗がりに鬼のようになっていた
事がありました。

様子を伺うとその向かい側には、
犬を散歩させている人がいて、
怒りはその犬に向けられていました。

でも、私が横断し近くに行くと、
ガラリと元の顔に戻ったのです。

大分前の事ですが、クロタンが小さな犬に
追いかけられていたのを思い出しました。
あの時は、私が偶然通りかかり、
間に入り犬を追い払うことができました。
犬は敵なのでしょう。
それにしても、あの鬼のような顔は、
その後見る事はありませんでした。

クロタンと出会い二年が過ぎ、
今までなかった事ですが、
私の足にスーッと体を擦り付けてきました。
そして、擦り付けた後にピタッと止まりました。
此方の反応を伺っていたのかもしれません。
私が何もなかったように歩き始めると
一緒に歩き始めました。

その事がきっかけとなり、
何日か過ぎた後には、
交差点からホームセンターの
物置の所までの距離をスリスリしながら、
歩くようになったのです。

距離と言えば、ほんの二、三十メートルですが、
クロタンは甘えたい気持ちを
いっぱいに表現するようになりました。

ニャーンと鳴いて立ち上がり
私の足にスリスリして戻る。
又、ニャーンと鳴いて近づき、
スリスリして戻るを繰り返します。
まるで遊んでいるかのようです。

時には、
数ヶ月前は子猫だった子も今では大人となり、
クロタン自身甘える恥ずかしさもあったのか、
ニャーンとは鳴かず、
スリスリの行ったり来たりを
繰り返していました。

そんな毎日が続いていたのですが、
とうとう交差点まではなく、
横断歩道を渡ろうとするようになりました。

そして、あの猛スピードで走る
車の二車線道路にまで
出て来てしまったのです。

車に対する危険性を
理解している訳ではないので、
見掛けた時は急いで私の方から
横断するようにしていました。

この頃からか、もし又クロタンが
以前のように何らかの事情で、
私のあとをついて来る事があったなら、
何とかして家に連れて行こうと
考えていたのです。

そんな矢先、子は迎えに来るのですが、
クロタンが来ません。

何処かに居て、出てくるのが
遅くなっているのだろうかと
思ったりしていました。

ですが、何日経っても迎えに出て来ません。

「お母さんは、どうしたの?」

と足元の子に話しかけましたが、
答える筈はありません。

いつもと変わらぬ様子でいます。

想像できるのは、事故の事だけです。

平気で道路を横断していましたし、
いなくなる前は変わらずに
子猫と元気に迎えに来ていましたから、
それ以外は考えられませんでした。

ずっと、その事が引っ掛かっていましたが、
気持ちを変えようとファンシーショップに
立ち寄りました。

目に付いたのは猫のぬいぐるみで、
黒猫を探していました。

そして、小さな黒猫のぬいぐるみを見つけ、
買う事にしたのです。

何となく落ち着かない気持ちが、
少しだけ和らいでいきました。

翌朝、そばに置いたぬいぐるみに、

「おはよう、クロタン」

と何気なく声をかけた時でした。

遠く小さな声で
「ニャーン」
と少し遅れ気味に聞こえたのです。

私は、はっとして目が覚めた思いがしました。

そして、
二度と会えない事を気付かされたのです。

その日、仕事の帰り道、一緒に歩いた道が
涙でかすんで見えました。

私の心の中には、
人を近付けさせないクロタンが、
私にだけ何故か心を開いてくれた事、
そして、今日はいるかなあと
会える楽しみをくれた事を
忘れられずにいます。

例え、どんなに離れていても、
ずっと心は繋がっているのです。
ちゃんと声が私に届いたように、
ずっと永遠に——。

繋がる心

橘 楓佳

繋がる心

橘　楓佳

あとがき

此のお話は実話です。

野良猫は余り人に近付こうとはしません。この本の主人公の猫（クロタン）もご飯は食べに来るものの触る事すらできませんでした。処が段々慣れて、私を迎えに来てくれたり、スリスリするようになるのですが、何故そう変わったのかを振り返ってみると、何気なく言葉をかけてきた事が思い出されます。誰でもちょっと声をかけられると気持ちが変わり前に進めたり、仲よくなれたり、元気になったりします。きっと猫も同じです。私のかけた言葉を、ちゃんと理解してくれていたのだと思います。そんな何気ないちょっとした事が本当は大切なのだと感じています。

59ページにある切手風のイラストは、一つ一つの場面をまとめる事でタイトル「繋がる心」のイメージとなっています。又、ぼかしのイラストは、空想を表現しています。将来なぜる事ができ、素直に受け入れられるクロタンの一場面となっています。

お終いに此の本をお読み下さいました皆様に厚くお礼申し上げます。

Profile

著者	橘 楓佳（たちばな ふうか）
	1959 年 11 月 19 日生まれ
	千葉県茂原市在住
	清和女子短期大学初等教育科卒業
	2008 年『夢からの不思議なメッセージ』（朱鳥社）を出版
繪	總洲齋 若樂（そうしゅうさい にゃらく）
	千葉県在住
	昭和から令和にかけて繪を描く。猫好き。

繋がる心

2023 年 11 月 1 日	第 1 刷発行
発行人	小崎 奈央子
編集	田村 有佳梨
デザイン	小林 拓也
発行元	株式会社けやき出版
	〒 190-0023 東京都立川市柴崎町 3-9-2 コトリンク 3 階
	TEL 042-525-9909 FAX 042-524-7736
	https://keyaki-s.co.jp
印刷	株式会社立川紙業

ISBN978-4-87751-634-5　C0095